LES

GRELOTS MODERNES

CHOIX DES CHANSONS

LES PLUS EN VOGUE

EN 1863

PARIS

RENAULT ET Cie, LIBRAIRES-ÉDITEURS,

RUE D'ULM PROLONGÉE, 48.

—

1863

LES

GRELOTS MODERNES

CHOIX DES CHANSONS

LES PLUS EN VOGUE

EN 1863

PARIS

RENAULT ET Cie, LIBRAIRES-ÉDITEURS,

RUE D'ULM PROLONGÉE, 48.

1863

LES
GRELOTS MODERNES

Imprimé par Charles-Noblet, rue Soufflot, 18.

LES GRELOTS MODERNES

CHOIX DES CHANSONS

LES PLUS EN VOGUE

EN 1863

PARIS

RENAULT ET Cᵉ, LIBRAIRES-ÉDITEURS,
RUE D'ULM, 48.

1863

LES

GRELOTS MODERNES

⸻ ∘∘§∘§∘∘ ⸻

LES GRELOTS MODERNES.

Paroles de J. ROGER, éditeur.

Air de *Béranger à l'Académie* ou *Viens, belle nuit.*

Aux sons joyeux de mes grelots folâtres
Accourez donc, ô francs épicuriens !
J'apporte à tous, soit artisans ou pâtres,
Des chants grivois, des bluettes, des riens.
Quand maître Adam composa ses chevilles,
Il nous a dit : hardis jeunes garçons,
Ainsi que nous aimez le vin, les filles,
Berçons nos fils par de folles chansons.

Qu'est la chanson sur cette pauvre terre ?
Le passe-temps des humbles travailleurs ;
Tout en chantant l'enfant du prolétaire,
Narguant l'ennui, rêve à des jours meilleurs ;

Grâce aux chansons, la plus rude journé
Nous semble belle à nous, joyeux pinson
De l'ouvrier voilà la destinée.
Berçons nos fils par de folles chansons.

Entendez-vous là-haut, dans la mansarde,
Cette voix pure aux accents si touchants ?
C'est une enfant que son travail attarde ;
De Béranger elle redit les chants.
Eh bien! c'est Lise, elle soutient sa mère
Infirme et veuve, et devant ses doux sons,
Par son labeur, elle fuit la misère ;
Berçons nos fils par de folles chansons.

Ils ne sont plus, ces artisans poëtes :
Gilbert, Moreau, Désaugiers et Dauphin,
Ni Béranger, le chantre de nos fêtes,
Au cœur aimant, à l'esprit vif et fin ;
Ni vous non plus, Leroy, Debreaux et Gille,
Pister, Loynel, que tous nous chérissons ;
Pour que leurs chants résonnent par la ville,
Berçons nos fils par de folles chansons.

LES COMPAGNONS.

Paroles de J. ROGER.

AIR *de la Dixième muse* (C. COLMANCE).

De Vulcain résonne l'enclume,
Elle fait un sabbat d'enfer,
Allons que la forge s'allume,
Gais compagnons, voilà du fer;
Que jamais le charbon ne fume,
Travailleurs, redoublons d'effort.

Pan, pan, frappons fort,   (*bis.*)
Pour bien connaître la vie,
Enfants, travaillons toujours;
Pour honorer la patrie,
L'art et l'industrie,
Font les heureux jours.

Mu par ce phare qui l'éclaire,
Le marin guide son vaisseau,
Sa poupe avance heureuse et fière
Et glisse à peine effleurant l'eau;
Il déploie alors sa bannière,
Heureux de saluer le port,

Pan, pan, etc.

Notre bien-être, c'est l'ouvrage,
Le vrai bonheur, c'est le devoir,
A nous la force et le courage
C'est l'avenir, c'est le savoir;
Il faut agir en homme sage,
Car le travail est un trésor.

    Pan, pan, etc.

Là, sous ce beau soleil qui brille,
La moisson mûrit, et son grain
Tombe sous la faux, la faucille;
Pour les besoins du genre humain,
Le sol pour la grande famille
Tous les ans reprend.son essor.

    Pan, pan, etc.

L'ÉTUDIANT ET LA GRISETTE
OU
MARIONS-NOUS

DUO COMIQUE.

Paroles d'ALEXIS DALÈS.

AIR : *Brigadier, vous avez raison.*

AUGUSTE.

Mademoiselle, votre image
A vivement touché mon cœur,

Voulez-vous, par un mariage,
Aujourd'hui faire mon bonheur?

LISE.

Votre demande sait me plaire,
Oui, monsieur, nous nous marîrons;
Mais avant, faisons l'inventaire
Des objets que nous possédons.

ENSEMBLE.

Tous les deux faisons l'inventaire
Des objets que nous possédons.

LISE.

J'possède une taille élégante,
Des yeux noirs, un cœur amoureux.

AUGUSTE.

Moi je possède une âme aimante,
Plus un profil très-vaporeux.

LISE.

Je possède et... c'est confortable,
Un lit, un' table et ma gaîté.

AUGUSTE.

J'ai comm' vous un lit, une table,   } (bis)
Et mille chos'... au mont-d'piété.   }

1.

LISE.

J'possède un étui plein d'aiguilles,
Un dé d'argent et des ciseaux.

AUGUSTE.

Moi j'possède trois nouveaux quadrilles
Une guitare et deux couteaux.

LISE.

Moi je possède un nécessaire.
Une crinoline, un manchon.

AUGUSTE.

Moi j'ai sur ma f'nêtre un coin d'terre
Avec un bonnet de coton.

LISE.

Je possède un pot de pommade,
Un fer à friser…. un miroir.

AUGUSTE.

Avec un panier à salade,
Moi je possède un éteignoir.

LISE.

J'possède une tête à poupée
D'un genre à nul autre pareil.

AUGUSTE.

Moi j'possède un' pip' culottée,
Et pour montre j'ai le so'eil.

LISE.

Je possède mille autres choses
Que vous serez flatté d'avoir.

AUGUSTE.

Pour nous l'avenir a des roses,
Car nous sommes riches..... d'espoir.

LISE.

J'adore ici votre franchise.

AUGUSTE.

Moi, j'en puis dire autant de vous,
Marions-nous, ma chère Lise   (bis)

LISE.

Cher Auguste, marions-nous   (bis)

L'ORPHELIN DU HAMEAU.

MÉLODIE.

Paroles d'ALEXIS DALÈS.

AIR : *L'enfant perdu, c'est l'enfant du bon Dieu.*

Chantez, chantez dans vos chaumières,
Sous l'œil du bon Dieu qui vous voit,
Heureux des baisers de vos mères,
Trésor que du ciel on reçoit,
Dans mes yeux une larme brille,
Hélas ! je n'ai plus de famille,
   Mon berceau ne fut pas béni ;
   Mon avenir est la misère.
   Hélas ! quand je vis la lumière,
   Le trépas dévasta mon nid.

La mort m'a pris et mon père et ma mère,
Je vais le soir prier sur leur tombeau.
Vous qui vivez heureux sur cette terre,
Plaignez, plaignez, l'orphelin du hameau.

Le feu d'amour brûle mon âme ;
Mais l'amour est-il fait pour moi ?
Jamais un doux regard de femme
Ne sollicitera ma foi.
Que puis-je offrir à ma maîtresse ?
Ma misère avec ma tendresse,

Moi qui, mendiant, tends la main,
Hélas! pour calmer ma souffrance,
Je n'ai pas même l'espérance
D'avoir un meilleur lendemain.

La mort m'a pris, etc.

O vous dont l'heureuse jeunesse
Fut riche de baisers brûlants,
Et qui, pour bâton de vieillesse,
Aurez de blonds et beaux enfants,
Aimez avec sollicitude,
Désormais dans la solitude
Moi je dois vivre malheureux,
Et quand je quitterai la vie,
Hélas ! pas une main amie
Ne viendra me fermer les yeux !

La mort m'a pris, etc.

———————

LE SIRE DE GRAND PLUMET.

Paroles de A. DUCHENNE.

*Complainte du page de la femme du sire de
Grand-Plumet.*

« Il revient de la guerre,
Battre les Sarrasins,   ah ! ah !

Suivi de sa bannière
Et de ses fantassins,   ah! ah!
Tu partages ma peine,
Toi... que je venais voir
Et qu'un jaloux enchaîne
Au fond de ce manoir !

REFRAIN.

J'ai du bobo, oh! oh! oh! oh !   (*bis*)
J'ai du bobo, oh! oh! oh! oh!   (*bis*)
  Ma châtelaine.   (*bis*)

On le dit peu commode,
Le sire de Grand-Plumet,   ah! ah!
S'il se voit à la mode,
Je connais son arrêt,   ah ! ah!
— A l'instant! qu'on l'enchaîne,
Dira-t-il sans retour,
Lancez-le dans la plaine,
Du plus haut de la tour.

J'ai du bobo, etc.

A travers ta lorgnette,
Je n'en puis plus douter   ah! ah!
C'est lui! j'ai la venette,
Il va nous éreinter,   ah! ah!
C'est avoir peu de veine,
Nous qui gardions l'espoir

Qu'i mourrait de migraine,
Là-bas, loin du manoir.

J'ai du bobo, etc.

S'il n'avait pas sa lance,
Sa lance et son jarret,   ah ! ah !
Mon cœur et ma vaillance
T'en débarrasseraient,   ah ! ah !
Mais, si l'ardeur m'entraîne,
Pourrais-je revenir ?
La chose est peu certaine,
Et puis, il peut m'occir.

'ai du bobo, etc.

Le voici qu'il s'avance,
Enfourchant son coursier,   ah! ah!
Son grand plumet s'élance
De son casque d'acier,   ah ! ah !
Toute espérance est vaine,
S'il ne heurte un caillou,
Son grand sabre, ma reine,
Va nous couper le cou !

J'ai du bobo, etc.

O miracle incroyable !
Une branche en arrêt,   ah! ah!
Suspend, comme un grand diable,
Le sire par son plumet,   ah ! ah!

Il meurt dans son domaine
Sans être convaincu
Qu'un grand plumet vous gêne
Pour arriver au but.

Plus de bobo, oh ! oh ! oh ! oh !
Plus de bobo, oh ! oh ! oh ! oh !
Plus de bobo, ma châtelaine.

LE SENTIER DE LA PAUVRETÉ.

Paroles de Pierre BRÉANT.

Air *des Enfants perdus* (G. Leroy), ou *du Vieux Vagabond,* ou *du Forçat libéré.*

Ma pauvreté, la nuit dernière,
Me fit rêver à la chanson;
Mais dois-je chanter la misère,
C'est pour ma lyre un triste son.
Ah bast ! c'est une bonne affaire
Puisque j'ai l'esprit attristé,
Je chanterai pour me distraire
Le sentier de la pauvreté. (*bis.*)

Dans ce sentier je pris naissance,
Non pas sous la feuillè des choux,
Mais sous celle de la souffrance,
Plante trop vivace pour nous.
Et loin de la riche atmosphère
Où le baiser n'est qu'emprunté,
Je reçus les soins de ma mère
Au sentier de la pauvreté. (*bis.*)

Lorsqu à seize ans jeune fillette,
Et qu'à vingt ans jeune garçon,
Soupirent tous deux en cachette,
L'amour épelant la leçon,
Sous quelques fleurs à peine écloses
Combien grandit la volupté.
L'amour se cache sous les roses
Du sentier de la pauvreté. (*bis.*)

Lorsque, frappé par la misère,
L'un de nous languit ici-bas,
Il peut en chacun voir un frère,
Pour lui que ne ferait-on pas ?
Se secourir est l'héritage
Qu'on lègue à la postérité.
Du cœur on connaît le langage
Du sentier de la pauvreté. (*bis.*)

Voyez là-bas cette voiture;
C'est un convoi. Point d'étendard,

Point de harnais, point de tenture ;
Du pauvre c'est le corbillard.
Point de pleureurs payés d'avance,
Mais pour un ami regretté,
Une larme tombe en silence
Au sentier de la pauvreté. (*bis.*)

LA VERTE PIQUETTE.

CHANSON BACHIQUE.

Paroles de JULES DE BLAINVILLE.

AIR : *de la dixième Muse.*

REFRAIN.

Je suis la verte piquette,
Toujours, sans bruit, sans efforts,
Du broc m'échappant coquette,
Narguant l'étiquette,
Je coule à pleins bords !

Oui, je suis la source abondante,
Où puise la franche gaîté ;
Sur les lèvres d'une bacchante,
J'ai rencontré la volupté.

Des rubis la teinte charmante,
Grâce à moi, colora son front.
Tin, tin, tin, tin, buvez donc ! (*bis.*)

Je suis, etc.

La coupe du joyeux Silène,
Jadis me servit de berceau ;
Guidé par lui, j'ai de Suresne
Conquis le verdoyant côteau...
Du roi d'Ivetot j'ai, sans gêne,
Caressé le double menton.
Tin, tin, tin, tin, buvez donc ! (*bis.*)

Je suis, etc.

Sur mon allure cavalière
Chacun jase, je le sais bien;
Si je suis par trop familière,
Que voulez-vous, je n'y puis rien !
Mais à l'école buissonnière,
On n'enseigne pas le bon ton.
Tin, tin, tin, tin, buvez donc ! (*bis.*)

Je suis, etc.

Au cabaret, je fais merveille,
Jamais on ne m'y met sous clé :
Le bordeaux vieillit en bouteille,
Et le champagne est muselé !
Toujours jeune, fraîche et vermeille...

Oh! la liberté, c'est si bon.
Tin, tin, tin, tin, buvez donc ! (*bis.*)

Je suis, etc.

J'arrose le pain que grignote
Un pauvre poëte aux abois,
Et bien souvent je le pilote
Dans les champs de l'esprit gaulois.
J'inspire à la muse falotte,
Plus d'une joyeuse chanson !
Tin, tin, tin, tin, buvez donc ! (*bis.*)

Je suis la verte piquette,
Toujours, sans bruit, sans efforts,
Du broc m'échappant coquette,
    Narguant l'étiquette,
    Je coule à pleins bords !

FANFAN LE TAPIN.

CHANSONNETTE

Paroles d'Alexis CARDON.

Air : *Soldats, voilà Catin.* (BÉRANGER.)

Premier tapin du régiment,
    C'est Fanfan qu'on me nomme,
Au combat toujours en avant,
    Je marche comme un homme ;

Pour mener tout tambour battant,
Plan, plan, plan, plan, plan, plan, rataplan,
Pour mener tout tambour battant,
Soldats, voilà Fanfan !

On dit que je reçus le jour
Sur un champ de bataille ;
Au bruit du canon, du tambour,
Au milieu d'la mitraille.
Chacun de vous connaît maman,
Plan, plan, plan, plan, plan, plan, rataplan,
Chacun de vous connaît maman,
Soldats, voilà Fanfan !

J'ai déjà vu plus d'un combat,
Et plus d'une victoire,
Et comme vous, braves soldats,
Je tiens fort à la gloire.
J'ai tête folle et cœur vaillant,
Plan, plan, plan, plan, plan, plan, rataplan
J'ai tête folle et cœur vaillant,
Soldats, voilà Fanfan !

En campagne, brave luron,
Près d'une belle fille,
Sous l'étendard de Cupidon,
J'agis en joyeux drille ;
A mes désirs le cœur se rend,
plan, plan, plan, plan, plan, plan, rataplan,
A mes désirs le cœur se rend,
Soldats, voilà Fanfan !

Mais un jour un enfant pleurait
Au fort de la bataille,
Et près de lui son père était
Couché dans la broussaille.
Qui prendra soin du pauvre enfant ?
Plan, plan, plan, plan, plan, plan, rataplan,
Qui prendra soin du pauvre enfant ?
Soldats, voilà Fanfan !

Que chacun conte son amour
A sa particulière,
Mais quant à moi je fais la cour
A notre vivandière ;
Dans le péril, qui la défend ?
Plan, plan, plan, plan, plan, plan, rataplan,
Dans le péril, qui la défend ?
Soldats, voilà Fanfan !

Si quelquefois, dans un combat,
J'allais perdre la vie,
Je veux mourir en bon soldat
Fidèle à la patrie.
Pour se conduire vaillamment,
Plan, plan, plan, plan, plan, plan, rataplan,
Pour se conduire vaillamment,
Soldats, voilà Fanfan !

LE VRAI LURON.

CHANSON DE TABLE.

Paroles de ANTOINE SEVIN.

Air *du Tonneau.*

Aujourd'hui, mes chers camarades,
Célébrons Bacchus en ce jour,
Buvons encor quelques rasades,
Faut aussi penser à l'amour.
Auprès d'une bonne feuillette,
Caressant un jeune tendron,
Être gai près de la fillette,
Voilà la vie d'un vrai luron. } (*bis*)

Si je suis auprès d'une fille,
Ça me fait oublier le vin,
Mais lorsque je suis en famille,
Souvent je mets le verre en main.
Non, je n'aime pas la piquette,
J'aime le vin du Bourguignon,
Et j'adore aussi la fillette,
Voilà la vie, etc.

Mais quelquefois si je chancelle,
Pourvu que je ne tombe pas,
Très-peu se trouble ma cervelle,
Ce qui me console ici-bas.

Souvent je tiens à l'étiquette,
Et je ne bois qu'un seul flacon,
Puis sage près d'une fillette,
Voilà la vie, etc.

Mais si j'aime bien la bouteille,
Je tiens aussi à travailler,
Je suis content à mon réveil,
Quand le vin m'a fait sommeiller.
Je ris de plus d'une coquette
Qui veut me faire la leçon,
Alors je dis à la fillette :
Voilà la vie, etc.

Quand j'aurai fini ma carrière,
Qu'il me faudra quitter le vin,
Me conduisant au cimetière,
Chantez-moi l'hymne *Jean Raisin.*
S'il se trouvait une buvette,
Placez-moi devant sans façon,
Et que chacun de vous répète :
Il est bien mort en vrai luron.

LA CAPOTE DU SOLDAT.

MÉLODIE.

Paroles d'ALEXIS DALÈS.

AIR : *Laissez les roses aux rosiers.*

Embrasse-moi, mère chérie,
Je vais quitter le sol natal;
Je pars pour servir la patrie
Et veux revenir général.
O ne pleure pas de la sorte,
Je veux, vois-tu, changeant d'état, } (*bis*)
Quitter la blouse que je porte
Pour la capote du soldat. (*bis.*)

Alors le cœur plein d'espérance,
Pierre partit loin du pays,
Et bientôt, grâce à sa vaillance,
Il fut l'effroi des ennemis;
Chacun admirait son courage
Et, dans plus d'un brillant combat,
La balle marqua son passage
Sur la capote du soldat.

Vainqueur, et partout invincible,
En moissonnant plus d'un laurier,
Dans l'action, toujours terrible,
A l'assaut toujours le premier,

Chaque jour se couvrant de gloire,
Par plus d'une action d'éclat
Il sut abriter la victoire
Sous la capote du soldat.

Après de pénibles campagnes
Pierre ne fut pas général ;
Mais il revint dans ses montagnes,
Fier du titre de caporal.
Sa mère, au milieu du village,
L'embrasse, et voit avec éclat
Briller l'étoile du courage
Sur sa capote de soldat.

LE DRAPEAU FRANÇAIS.

Paroles de Pierre BRÉANT.

Air des *Trois couleurs.*

Chaque patrie est orgueilleuse et fière
De l'étendard qu'elle a su se choisir ;
Mais nous bien plus, puisque notre bannière
A dans les cœurs fait naître un grand désir.
Que d'opprimés ont trouvé du courage
Quand ils ont vu notre drapeau planté.
Nos trois couleurs ont vaincu l'esclavage,
Laissant partout espoir et liberté !   (*Bis.*)

Quatre-vingt-neuf ! au travers de la brume.
Quand j'aperçois ce chiffre glorieux,
Entre mes doigts je sens glisser ma plume,
J'ai dans mon cœur l'amour de nos aïeux :
Je les revois détruisant le servage,
Et nous donnant ce drapeau si fêté.
Nos trois couleurs ont vaincu l'esclavage,
Laissant partout espoir et liberté !   (*Bis.*)

Puis, dans les champs que moissonna Bellone
L'Europe entière y combat les Français ;
Mais dans Paris, eh quoi ! le canon tonne ?
Vive la France ! encore un grand succès !
De la Finlande aux bords fleuris du Tage,
En promenant leur gloire avec fierté,
Nos trois couleurs ont vaincu l'esclavage,
Laissant partout espoir et liberté !   (*Bis.*)

Que de hauts faits, quelle page héroïque !
Afrique, Alma, Magenta, puis Pékin,
Pour renverser un pouvoir tyrannique,
Ouvrons nos bras au peuple mexicain.
Partez, soldats, sur ce lointain rivage,
Allez semer notre fraternité.
Nos trois couleurs ont vaincu l'esclavage,
Laissant partout espoir et liberté !   (*Bis.*

Un jour viendra, sublime apothéose,
Où chaque peuple, élevant à la paix
Un saint autel, espoir de notre cause,
Qui répandra sur nous tous ses bienfaits.

Le monde alors détruira la barrière
Qui le retint du progrès écarté,
Pour saluer notre vieille bannière,
Qui sut à tous donner la liberté !   *(Bis.)*

RIGOLETTE ET PICHU.

RONDE.

Paroles d'Alexis DALÈS.

Air de la ronde de *Rothomago.*

(Chantée au théâtre du Cirque.)

A la p'tit' Rigolette,
La fille à Jean Branchu,
Un jour le grand Pichu
Dit d'un air morfondu :
« D'être à vous, ma brunette,
Combien j'aurais d'orgueil,
Votre nez en trompette
M'a tapé droit dans l'œil ;
     Ah ! ah ! ah ! ah !
Je n'peux plus vivr' comm' ça.

REFRAIN.

Eh ! allez donc, aimez-moi donc,
     Allez donc, Rigolette,
Eh ! allez donc, aimez-moi donc,
     Rigolette, allez donc.

Près d'vous, si gentillette,
Mon pauvr' cœur fait tic-tac ;
C'qui m'fait dans l'estomac
Un drôle de micmac ;
J'suis pas dans mon assiette,
J'ai là, j' peux vous l'jurer,
Comme un morceau d'galette
Qui n'veut pas digérer.
        Ah ! ah ! ah ! ah !
J'pouvons plus vivr' comm' ça.

        Eh ! allez donc, etc.

Vous aimez en cachette
Votre cousin Tricot,
De vous, j'l'ai vu tantôt
R'cevoir un coup d'sabot.
Quand j' vous conte fleurette,
Hélas ! vous n'daignez point
Me flanquer (j'vous l'répète)
Le moindre p'tit coup d'poing !...
        Ah ! ah ! ah ! ah !
J'pouvons plus vivr' comm' ça.

        Eh ! allez donc, étc.

Depuis qu' pour moi, coquette,
Vous êtes sans pitié,
Je suis fondu d' moitié,
Je dessèche sur pied ;

J'deviens comme un' baguette,
Car depuis qu' j'ai d'l'amour
Je n'joue plus d'la fourchette
Qu' cinq à six fois par jour :
  Ah ! ah ! ah ! ah !
J'pouvons plus vivr' comm' ça,

  Eh ! allez donc, etc.

CONCLUSION.

On dit que Rigolette,
D'Pichu voyant l'chagrin,
Consentit à l'hymen
Et lui donna sa main.
Au son de la musette
A la noce on dansa,
Et plus d'une fillette
Disait en voyant ça :
  Ah ! ah ! ah ! ah !
Quand donc qu' mon tour viendra ?

Eh ! allez donc ! mariez-vous donc,
  Allez donc, Rigolette,
Eh ! allez donc ! mariez-vous donc,
  Rigolette, allez donc.

MIRLITONNETTE.

CHANSONNETTE.

Paroles de ALEXIS DALÈS.

AIR : *En jouant du mirliton.*

Dans une maisonnette
Du pays de Meudon,
Habite une fillette,
La perle du canton;
C'est Nina Mirlitonnette,
La fille au papa Miton :
Elle est gentille et drôlette,
C'est un vrai petit démon !

Qu'elle est bien, Mirlitonnette !
Mirlitire, mi ton ton,
Mirliton, tontaine ton,
Mitire, mirliton.

Au son de la musette,
Dansant sur le gazon,
Elle est, Mirlitonnette,
Vive comme un poisson.
Gracieuse et pas coquette,
Avec un simple jupon
Et sa blanche collerette,
Bon Dieu, qu'elle a l'air fripon !

Qu'elle est bien, Mirlitonnette, etc.

Lorsque Mirlitonnette
Entonne une chanson,
De sa voix de fauvette
On aime le doux son.
Bonne, aimante et très-discrète
Heureuse de faire un don,
Elle soulage en cachette
Plus d'un pauvre du canton.

Qu'elle est bien, Mirlitonnette, etc.

Bientôt la bergerette
Doit épouser, dit-on,
Le fils de Simonnette,
Eustache Mirliton.
Dans le pays on répète,
En pensant à chaque nom,
Milirton, Mirlitonnette,
Feront un couple fort bon.

Chantons donc Mirlitonnette
Et son époux Mirliton,
Mirliton, tontaine ton,
  Mitire, mirliton.

TOUT CE QUE J'AIME.

CHANSONNETTE.

Paroles de Alexis DALÈS.

AIR: *La bonne aventure, ô gué !*

Voulez-vous savoir mes goûts
  Pour ma nourriture :
D'abord j'aime les ragoûts,
  J'aime la friture.
J'ai les goûts d'un campagnard,
J'aime les choux et le lard.

  La bonne aventure,
     O gué !
  La bonne aventure.

Je suis fou d'un jambonneau
  Plein de chapelure ;
J'aime le chant de l'oiseau,
  Les fleurs, la verdure.
J'adore les entrechats
De deux danseurs auvergnats !

  La bonne aventure.
     O gué !
  La bonne aventure.

Lorsque s'en vont les glaçons
  Avec la froidure,
J'aime à pêcher des goujons
  Dans une onde pure.
J'estime un roman nouveau,
Mais j'aime bien mieux le veau.

    La bonne aventure,
        O gué !
    La bonne aventure.

J'aime assez, par la chaleur,
  Marcher en voiture.
Pour éviter le malheur
  D'user ma chaussure.
J'adore le mirliton
Et le cornet à piston.

    La bonne aventure,
        O gué !
    La bonne aventure.

De fillette au doux regard
  J'aime la figure ;
D'un couplet fin et gaillard,
  J'aime la facture.
J'adore les gros melons !...
Et les énormes jupons !...

    La bonne aventure,
        O gué !
    La bonne aventure.

Mais j'abuse étrangement
De la rime en *ure*
De ma chanson vivement
Cherchons la clôture.
Chers lecteurs, adieu, bonsoir,
Au plaisir de vous revoir

La bonne aventure,
O gué !
La bonne aventure.

JE VOUDRAIS BIEN M'EN ALLER.

CHANSONNETTE.

Paroles de ALEXIS DALÈS.

AIR : des *Auvergnats*.

Qu'un auteur jure et tempête
Après son pauvre cerveau,
Tout en se cassant la tête
Afin d'trouver du nouveau ;
Moi, je prends, sans anicroches :
Au lieu de me désoler,
Ce r'frain d'un marchand d'brioches :
« Je voudrais bien m'en aller (*bis*). »

Bien souvent (ce dont j'enrage),
Quand je suis à la maison,
Mon épouse, un peu sauvage,
Bougonne et fait carillon
Aussitôt qu'elle s'emporte
Et s'met à tout bousculer
Je dis, en lorgnant la porte .
« Je voudrais bien m'en aller. »

Dans un' forêt de l'Afrique,
Un jour un pauvre chasseur
Voit un lion magnifique,
Ah ! dit-il, avec frayeur,
J'aim'rais mieux voir un' bécasse,
Je vais me faire avaler ;
Le diable soit de la chasse !
Je voudrais bien m'en aller.

Plein de morgue et de jactance,
 A l'Hippodrome, un Gascon ,
Voulant prouver sa vaillance,
Se risqua dans un ballon ;
Ah ! dit-il, l'âme inquiète,
Sentant l'ballon s'envoler,
J'crois que j'viens d'faire un'boulette !
Je voudrais bien m'en aller.

Certain soir, à la potence,
On conduisait un larron ;
L'greffier lui lut sa sentence,
Et dit au pauvre garçon :

Avez-vous quéqu'chose à dire ?
Mon cher, vous pouvez parler.
Ah ! dit l'larron qui soupire,
Je voudrais bien m'en aller.

Visitant d'lointains rivages,
Un navigateur martyr
Fut surpris par des sauvages
Qui voulaient le fair' rôtir .
Ah ! dit-il, j'vois c'qui s'approche,
Afin de se régaler,
Ils vont me mettre à la broche !
Je voudrais bien m'en aller.

LE RETOUR DES FLEURS.

Paroles de J.-E. AUBRY.

AIR *des Baisers perdus* (musique de MARQUERIE).

Rose, je vois ta bouche me sourire,
Et tes beaux yeux peuvent fixer le jour,
Ton doux regard, enfant, semble me dire,
Le mal a fui, les fleurs sont de retour.
Le gai printemps a, de sa tiède haleine,
Fait revenir les plus belles couleurs.

3

La pâquerette a refleuri la plaine,
Où nous irons oublier tes douleurs.
Rose est sauvée, oh! je n'ai plus de peine.
Rose avec moi viendra cueillir des fleurs.

Oh! que ta mère en ce jour est heureuse,
Elle qui t'aime autant qu'elle aime Dieu :
Comme autrefois elle te voit rieuse,
Et la tristesse à son cœur dit adieu.
Quand tu souffrais, cette si bonne mère
Souffrait aussi; puis, les yeux pleins de pleurs,
Elle a passé bien des nuits en prière
Pour adoucir tes maux et ses terreurs.
Mais tu revis, plus de douleur amère,
Rose avec moi viendra cueillir des fleurs.

J'ai bien longtemps tremblé pour toi, ma Rose,
Pour toi qui tiens mes serments et ma foi.
Et dans le champ où chaque mort repose,
J'avais juré de descendre avec toi;
Mais puisque Dieu te rend à ma tendresse,
Puisque sur nous il répand ses faveurs,
L'hymen bientôt nous donnera sans cesse
De ces beaux jours qui font battre les cœurs;
Exempte alors de chagrins, de tristesse,
Rose avec moi viendra cueillir des fleurs.

LES AMOURS DE L'ARTISAN.

Paroles et musique de M. POT-LOUIS.

De mon grenier je chéris la misère,
De mon grenier j'aime la nudité :
Enfant du peuple, oublié sur la terre,
Mon luxe à moi, c'est la simplicité,
Pour décorer ma modeste mansarde,
Du superflu je n'ai pas les atours ;
Tu l'embellis, soleil qui la regarde (*bis*).
De l'artisan Dieu bénit les amours (*bis*).

L'humanité, cette divine source,
A mon logis préside chaque jour ;
Parfois ma main ouvre petite bourse,
Mais c'est le cœur, lui, qui donne à son tour.
Petits oiseaux, j'entends votre ramage,
Qui, sur mon toit, implore mes secours ;
D'un peu de pain je vous fais le partage,
De l'artisan Dieu bénit les amours.

Tout comme vous je pouvais d'un bel ange
Prendre la fleur, effeuiller le printemps,
Puis l'oublier, le pousser dans la fange,
Où le mépris eût doté ses vingt ans.

En respectant la timide colombe,
J'ai des remords éloigné les discours ;
En paix, je puis descendre dans la tombe :
De l'artisan Dieu bénit les amours.

LES BEAUX JOURS SONT VITE PASSÉS.

Paroles de VICTOR RABINEAU.

AIR *des Baisers perdus* (du même auteur).

L'hiver sévit, les pâles sentinelles
Frappent du pied en marchant à grands pas ;
Au souffle aigu de ses nuits éternelles,
Sur son grabat le pauvre ne dort pas.
Le givre pend sous les branches tremblantes
En longs cristaux par le vent balancés ;
Demain la vitre aux fleurs étincelantes
Ne fondra pas sous des rayons glacés.
Maudit hiver, que tes heures sont lentes ;
Tous nos beaux jours sont si vite passés !

Dès que les cieux, devenus moins sévères,
Rendront les fleurs aux gazons reverdis,
Courez au bois cueillir les primevères,
Gentils enfants, par le froid engourdis.

Que votre mère, avec bonheur, respire
Vos frais bouquets sur ses lèvres placés.
Ces lèvres-là, le parfum les attire,
Vos fronts bientôt vont en être pressés.
Heureux les jours où l'on cueille un sourire;
Tous nos beaux jours sont si vite passés !

Cueillez l'amour au printemps de la vie,
Mais redoutez ses plus cruels tourments,
Si, malgré vous, votre âme est asservie
Par une femme infidèle aux serments.
Vous l'adorez... un caprice vous range
Au nombre accru des amants délaissés ;
Son cœur impur ose souiller de fange
Les ailes d'or des amours offensés ;
Heureux les jours où l'on trouve un cœur d'ange;
Tous nos beaux jours sont si vite passés !

Tant qu'au travail votre vigueur commande,
Si vous avez souci du lendemain,
Faites la part que la raison demande
Pour vous, pour ceux qui tombent en chemin.
Les sucs si doux que l'abeille distille
Sont des trésors pour l'hiver amassés.
Que votre avoir ne soit pas infertile,
Tendez la main à vos frères lassés.
Heureux les jours où l'on peut être utile !
Tous les beaux jours sont si vite passés !

ASSEYEZ-VOUS DONC LA-D'SSUS.

CHANSONNETTE.

Paroles de ALEXIS DALÈS.

AIR : *Tapez, tapez-moi là-d'ssus* (Colmance), ou
Une Noce à Montreuil.

Escorté de mon caniche,
En flânant hier au soir,
J'entrevis sur une affiche
Ces mots : *Allez-vous asseoir.*
Vous qui placardez les rues
De ces titres biscornus,
Asseyez-vous donc là-d'ssus,
Faiseurs de revues,
Asseyez-vous donc là-d'ssus
Et n'en faites plus.

Mon voisin, monsieur *Mélange*,
Pour attirer les buveurs,
Au moment de la vendange,
Dit à ses consommateurs :
J'ai remplacé mes banquettes
Par des tabourets cossus !
Asseyez-vous donc là-d'ssus
Videz mes feuillettes,
Asseyez-vous donc là-d'ssus
Et n'en bougez plus.

L'arbre reprend sa parure,
Adieu frimas et glaçons :
Le printemps à la nature
Rend ses fleurs et ses buissons ;
De mousse et de pâquerettes
Voyez ces tapis touffus,
Asseyez-vous donc là-d'seus,
Garçons et fillettes,
Asseyez-vous donc là-d'ssus
Et n'grelottez plus.

Chaque peuple a sa manie,
Mais c'que j'trouve un peu brutal,
Chez celui de la Turquie,
C'est le supplice du pal.
L'exécuteur d'la justice
Dit aux patients éperdus :
Asseyez-vous donc là-d'ssus,
Faut que j'fass' mon service,
Asseyez-vous donc là-d'ssus
Et n'en parlons plus.

Pour Dieu ! grisettes lutines,
Vous qui singez le bon ton,
Quittez donc vos crinolines
Pour le modeste jupon.
On entend dire à la ronde,
Au théâtre, en omnibus :
Asseyez-vous donc là-d'ssus
Pour n'pas gêner l'monde,

Asseyez-vous donc là-d'ssus
Et n'en r'portez plus.

Nous préférons à la guerre
Le travail, l'ordre et la paix ;
Mais qu'un' puissance étrangère
Menace le sol français,
En croisant la baïonnette,
Nous dirons tous résolus :
Asseyez-vous donc là-d'ssus,
Pas tant d'étiquette ;
Asseyez-vous donc là-d'ssus,
Et n'y r'venez plus.

JE VEUX FINIR COMME J'AI COMMENCÉ.

CHANSON DE FEU BRAZIER.

Puisque je prends avec vous mes ébats,
C'est aujourd'hui un refrain que j'implore ;
Mais la raison, enfin, me dit tout bas :
A soixante ans dois-tu chanter encore ?
Par des chansons ma mère m'a bercé : ⎱
Je veux finir comme j'ai commencé.   ⎰ *bis.*

Je me souviens, enfant, quand je pleurais,
Je fus bercé dans les bras d'une femme ;

Lorsqu'il faudra m'endormir pour jamais,
Je veux encor que sa main me réclame,
Et sur son sein posant mon front glacé,
Je veux finir, etc.

Sans imiter les Bernier, les Chaulieu,
Je bois un coup quand je me mets à table,
Je bois encor pour le coup du milieu;
Mais au dessert la soif est redoutable.
Le bouchon part... le champagne a moussé,
Je veux finir, etc.

On pourrait bien se venger des méchants,
On sait pourtant si l'espèce en abonde;
Moi, plus heureux, par de modestes chants,
J'ai su braver les peines de ce monde.
Jamais le fiel dans mon sang n'a passé,
Je veux finir, etc.

Un avenir, une espérance, un Dieu,
Ont embelli les jours de ma jeunesse;
Quand à ce monde il faudra dire adieu,
Sans que jamais aucun espoir ne reste,
Ah! vers le ciel mon œil sera fixé!
Je veux finir, etc.

ON VA LUI COUPER LA TÊTE.

Drame en 5 actes, de J.-E. AUBRY,

Représenté pour la première fois sur le théâtre de
Guignol, le 1er janvier 1700

La scène se passe en Espagne,

Dans un vieux château de l'Andalousie.

PERSONNAGES :

CASSANDRE, tuteur de Colombine.
COLOMBINE, pupille de Cassandre.
ARLEQUIN, amoureux de Colombine.
PIERROT, domestique de Cassandre.
POLICHINELLE, domestique de Colombine.
LE CORRÉGIDOR, ennemi de Cassandre.

AIR : *Tu n'en n'auras pas l'étrenne.*

Armé d'un bâton
Assez gros et long,
Arrive Polichinelle
Qui s'écrie : Corbleu!
Faut-il pour si peu
Qu'on vienn' me chercher querelle?
J'ai tué, c'est vrai,
A coups d'balai,

J'le r'grette,
L' chat du voisin,
Pour le festin
D'ma fête.
Et mon maître dit :
Pour qu'il soit puni,
On va lui couper la tête.

Arrive Arlequin,
Sournois et taquin,
Mais amoureux d'Colombine,
Qui lui dit : Vois-tu,
J' t'aime pour ta vertu,
Et j't'emmène en Cochinchine.
La belle consent.
On les surprend,
Les guette,
Puis l'on saisit
Arlequin qui
S'embête
D'voir manquer son plan
Et pour c't'enlèv'ment
On va lui couper la tête.

Mon gourmand d'Pierrot
S'empar' d'un gigot
Qu'on venait d'mettre à la broche.
Il s'écri' bien fort
Qu'on l'accuse à tort,
Quand l'manche sortait d'sa poche.

Pour punition
Faut un' leçon
Complète,
Qu'dit un ch'napan,
Et v'là l'jug'ment
Qu'arrête :
Pour qu'il ne m'vol' plus
Ma viande et son jus,
On va lui couper la tête.

Colombin brûlait
Pour Arlequin qu'est
Dans un' prison plus qu'étroite,
Car son vieux tuteur,
Jaloux et grondeur,
Depuis longtemps la convoite ;
Mais furieux
De c'qu'on l'trouv' vieux
Et bête,
D'un grand' couteau
Il fait bientôt
L'emplette,
Et dit sans frémir :
Pour me divertir,
On va lui couper la tête.

Pour le dénoûment
De c'drame sanglant
On amène l' per'Cassandre.

Un corrégidor
Le condamne à mort
Sans même vouloir l'entendre.
T'as sournois'ment
Fait mourir en
Cachette
Des gens d'honneur.
Qu'étaient dans leur
Assiette,
T'as six pieds de haut,
J'trouv' que c'est de trop,
On va te couper la tête.

A BÉRANGER.

DERNIERS ADIEUX DU CHANSONNIER.

Paroles de A. DUCHENNE.

Air des *Cheveux blancs,*

ou *Béranger à l'Académie.*

Mon sang glacé s'arrête dans mes veines,
Ma voix chevrotte et mes pas sont tremblants;
Prêt à gagner les célestes domaines,
A vous amis, à vous mes derniers chants!

De noirs pensers bannissez la tristesse,
Que la gaîté seule anime vos yeux.
Vieux compagnons de ma folle jeunesse,
  Recevez mes derniers adieux.

Dans ce banquet où l'amitié rassemble
Les souvenirs de mon riant passé,
Auprès de vous, chers amis, il me semble
Du noir destin voir l'arrêt effacé.
D'un nouveau feu se ravive mon âme,
Versez encor ! le temps est précieux,
Un souffle peut en éteindre la flamme,
  Recevez mes derniers adieux.

Le temps cruel a séché sur sa tige
Le myrte vert que Zéphir caressait,
L'abeille en pleurs autour de lui voltige,
Cherchant en vain la fleur qui l'abritait :
Gentils amours qui charmez mon jeune âge,
Devais-je un jour vous trouver oublieux ?
Mais non ! l'hymen vous retient en sa cage,
  Recevez mes derniers adieux.

Ils sont passés ces jours où la victoire,
Le glaive en main, ralliait les soldats ;
A d'autres feux se réchauffe la gloire,
Sans redouter le poignard de Judas.
Le monde entier, pour de plus nobles causes,
A déserté les temples des faux dieux ;
Sur les cyprès on voit fleurir des roses !...
  Recevez mes derniers adieux.

Lorsque sur nous j'ai vu glisser l'orage
Qui menaçait d'engloutir nos cités,
Puisque l'oiseau fait retentir la plage
D'hymnes d'amour mille fois répétés,
Je puis partir sans regretter la vie,
L'écho redit vos chants harmonieux.
Au grand banquet l'Éternel me convie,
    Recevez mes derniers adieux.

LE TESTAMENT D'UN CÉLIBATAIRE.

Par Michel BORDET.

Air : *Dans un grenier qu'on est bien
à vingt ans !* (Béranger.)

Près de mourir un riche octogénaire,
Trop tard, hélas ! regrettait son passé :
Quoi, disait-il, je meurs célibataire!
Autour de moi quel silence glacé !
A mon chevet c'est la mort qui me crie :
De l'égoïsme, adorateur fervent,
Tu vas mourir sans connaître la vie ;
Tu n'as vécu que pour ton testament (*bis*).

Paralyse sur ma couche isolée,
Sans un ami, pour toujours je m'endors.
Par les remords mon âme est désolée
De n'avoir su qu'adorer le Veau d'or.
Je ne connus que cet amour cupide,
Qui change un cœur en un lingot d'argent.
Mon coffre est plein, mais ma maison est vide;
On n'entrera que pour mon testament (*bis*).

J'ai dédaigné l'amour de la famille,
L'affection d'un cœur vraiment épris
Pour ces beautés que la luxure habille,
Dont mon orgueil se parait à haut prix.
Épouse, enfants, de mon heure dernière
Adouciraient le douloureux moment.
Mes valets seuls fermeront ma paupière;
Pour eux, aussi, je laisse un testament (*bis*).

Pour honorer mon brillant héritage,
Je vais avoir un convoi somptueux;
J'échangerais mon riche sarcophage
Pour les regrets qu'on donne aux malheureux.
De mon neveu la douleur hypocrite
Cherche des pleurs qu'il attend vainement.
Ces pleurs viendront si je ne meurs pas vite,
Car c'est pour lui qu'est fait mon testament (*bis*).

Mais qu'ai-je dit? mon esprit en délire
Envisageait la mort avec terreur;
Merci, mon Dieu! car c'est toi qui m'inspire,
Je vais connaître un instant le bonheur.

Au cœur ingrat je reprends ma richesse,
Moi qui souvent repoussais l'indigent.
J'offre un asile à l'honnête vieillesse,
Pauvres, pour vous je fais mon testament *(bis)*.

NINI BAMBOCHE.

PORTRAIT.

Paroles de ALEXIS DALÈS.

AIR : *Jeannette a servi le dîner,* ou *Saboche,
viens sourire au soleil.*

Sans avoir de l'or dans sa poche,
Sans porter de brillants atours,
    Bamboche *(bis)*
Me charmera toujours !   *(bis)*

Nini Bamboche, ma grisette,
Est semblable à Mimi Pinson.
Comme elle, elle n'a pour toilette
Qu'une robe et qu'un bonnet rond.
Mais quand on voit de sa figure
La fraîcheur et les traits charmants,
On ne pense plus à l'usure
Qui dépare ses vêtements.   Sans, etc.

Bien qu'on la surnomme Bamboche,
Ma Nini possède des mœurs ;
Elle ne craint pas un reproche
De ses nombreux admirateurs,
Moi seul possède sa tendresse,
Aussi, de son œil bleu de ciel
Chaque regard qu'elle m'adresse
Me paraît plus doux que le miel.   Sans, etc,

Ma Nini, presque jardinière,
Cultivant et myrte et jasmin,
Ainsi que Jenny l'ouvrière
Sur sa fenêtre a son jardin.
C'est qu'elle adore, la pauvrette,
Voir le volubilis vermeil,
Le bouton d'or, la pâquerette
Fleurir aux baisers du soleil !...   Sans, etc.

Elle n'a pas de cachemire,
Et son petit pied enfantin
Ne fut jamais (quoiqu'on l'admire)
Emprisonné dans du satin.
C'est au bal qu'on la trouve belle !
Elle est, dans ses pas gracieux,
Légère comme une gazelle
Qui bondit sous l'azur des cieux ! Sans, etc.

Ma Nini, bien que dans la gêne,
Ne connaît pas la pauvreté ;

Elle travaille la semaine,
Car elle hait l'oisiveté.
L'adorable et modeste fille,
Ne spéculant pas sur l'amour,
Ne demande qu'à son aiguille
Le pain qu'il lui faut chaque jour. Sans, etc

APOTHÉOSE DE BÉRANGER.

Paroles de Pierre HERVIEU, d'Iray (Orne).

Air : *Des médaillés de Sainte-Hélène.*

Peuple, il n'est plus, ton ami, ton poète
Qui célébra la gloire et le progrès !
A ce grand homme, à ce sage prophète
La France entière a donné des regrets...
Tout se transforme et la nature entière
Subit les lois de son suprême auteur !...
Cet âme pure a quitté notre sphère
Pour s'envoler dans un monde meilleur (*bis*).

Ce noble cœur nous disait que son âme
Avait jadis habité la beauté ;
C'était plutôt un rayon pur de flamme
Que lui donna quelque divinité !

Ce fut un juste envoyé sur la terre ;
Il fit pâlir les méchants de terreur...
Cette âme pure a quitté notre sphère
Pour s'envoler dans un monde meilleur.

Contre un pouvoir odieux, tyrannique,
Il sut lancer de sublimes chansons ;
Un roi cafard, bravant la voix publique,
Lui fit sentir la rigueur des prisons :
Dans leurs cachots, méprisant leur colère,
Il prédisait l'avenir bienfaiteur.
Cette âme pure a quitté notre sphère
Pour s'envoler dans un monde meilleur !

La liberté qu'un bon Français adore,
Les droits du peuple étaient ses justes dieux !
L'homme immortel dont la France s'honore
Était pour nous un phare glorieux !
Nous avons vu sa puissante lumière
Qui nous guida brillante de splendeur !
Cette âme pure a quitté notre sphère
Pour s'envoler dans un monde meilleur !

Fils de l'erreur que tout progrès irrite,
Pour le flétrir vous travaillez en vain ;
Les plus beaux traits, la vertu, le mérite
Parent le front de cet homme divin !
Enfant du peuple, il connut la misère,
N'accepta pas les dons de la grandeur ;
Cette âme pure a quitté notre sphère
Pour s'envoler dans un monde meilleur !

De Béranger la grande âme héroïne
Aime toujours l'hommage des petits;
Sur son tombeau déposons l'églantine,
La fleur gauloise et le myosotis !
Que ce grand nom que le peuple révère
Reste à jamais gravé dans chaque cœur !
Cette âme pure a quitté notre sphère
Pour s'envoler dans un monde meilleur !

LE CHANT DES JOYEUX MAÇONS.

Paroles de F.-E. PECQUET.

AIR : *Donne-moi ton cœur* ou *N'y a pas d'sots métiers.*

Lorsque le matin chante l'alouette,
L'on nous voit partir tous à nos travaux,
Le paresseux seul en route s'arrête,
Mais le travailleur est toujours dispos,
Puis nous commençons gaîment la journée,
Notre premier cri est pour le garçon.

(PARLÉ. Hohé, Lafleur ! hohé, hou ! monte-
moi ma hachette et mes rapointis. — Voilà,
voilà !

Puisque Dieu nous fit cette destinée,
Voilà la chanson (*bis*) du joyeux maçon.

Nous nous moquons bien si l'on nous méprise
Puis nous nous rions de tous ces farceurs,
Et nous répondons, quoi que l'on en dise,
Vous avez besoin de bons constructeurs,
Vous le voyez bien, quoiqu'on démolisse,
Bientôt de nos mains sort une maison.

(Parlé.) Hohé! la Grenade, hohé hou, une truel-
lée au sas.— Bon, bon.

Et nous vous disons cela sans malice,
Voilà la chanson, etc.

Toute la journée sans reprendre haleine,
Ne nous voit-on pas toujours travailler?
Nous ne nous plaignons jamais de la peine,
Chacun fait sa part en bon ouvrier,
Nous bravons la mort sur l'échafaudage,
Et qui dirait non n'aurait pas raison,

(Parlé.) Hohé! Latulipe, hohé! hou, gâche
serré.— Bon.

Puis le chant donne du cœur à l'ouvrage,
Voilà la chanson, etc.

Chaque monument, nous pouvons le dire,
Voyons, n'est-il pas l'œuvre de nos mains?
Alors donc sur nous pourquoi donc médire?
Nous ne méritons de nul les dédains.

Il faut respecter chacun dans sa sphère,
Aussi bien celui qui fait la moisson.

(PARLÉ.) Ho hé! Larose, ho hé, hou, gâche
clair.—Ça y est, mais, le bourgeois, il est deux
heures.— Eh bien! fais couler.

Faut aussi des bras pour soigner la terre,
Voilà la chanson, etc.

Et puis lorsque vient le jour du dimanche,
C'est celui que Dieu fit pour le repos,
Avec nos amis notre cœur s'épanche,
Nous ne voulons pas de vilains propos;
L'on prend le chemin pour une guinguette,
Et nous répétons tous à l'unisson :

(PARLÉ.) Ho, hé! va d'bon cœur, ho! hé! hou,
ramasse les outils, les travaux sont finis.

Puis un gai refrain chacun le répète,
Voilà la chanson (*bis*), etc.

LE PAPA BINETTE

OU

TIREZ-MOI LE CORDON.

BLAGUE COMIQUE

Paroles de F.-E. PECQUET.

Air de *Turlurette*, chanté dans la pièce d.
Rothomago.

Le gros papa Binette,
C'est lui qu'est mon portier,
Mais j'allais oublier
Son aimable moitié.
Les voyant, je m'arrête,
Je reste tout baba,
Le coq et la poulette,
Ils sont laids, que c'est ça,
Ha, ha, ha, ha, ha.
Riant, j'leur dis, holà.

REFRAIN.

Allons, voyons et tirez donc l'cordon, vieille
[binette,
Q'faites-vous donc? tirez-moi donc, vieille bi-
[nette, l'cordon.

Un portier, quel' gazette,
C'est le roi des cancans.
Les bons et les méchants,
Non, nuls n'en sont exempts.
Si vous rentrez pompette,
Tout l'quartier le saura;
Payez-lui la gobette,
Alors il se taira,
Ha ha ha ha!
Ou faut crier holà!

Allons, voyons, etc.

L'autre jour j'fis emplette
D'un savant perroquet,
Voilà que mon Pip'let
Me dit : Dans mon baquet,
Son affair' sera faite.
L'oiseau qu'entend cela,
Voilà qu'il lui répète :
Eh bien! nous verrons ça,
Ha ha ha ha!
En attendant, holà!

Allons, voyons, etc.

Rentrez deux ou seulette,
S'il est passé minuit,
L'amende est son profit.
Ils ne font pas crédit.

Vous tirez la sonnette,
S'il pleut, vous restez là ;
Un rhume ou la gripette
Vous attrape, oui-dà,
Ha ha ha ha!
Trois heur's faut dir' holà.

Allons, voyons, etc.

Ce qui vous inquiète,
C'est pour déménager,
L'on ne sait où loger,
L'portier faut déranger.
Partout la règle est nette,
Locataire, la voilà :
Le log'ment qu'l'on arrête,
Faut qu'un terme soit là,
Ha ha ha ha !
C'est l'cas de dire holà !

Allons, voyons, etc.

Pour eux l'jour de toilette,
C'est le premier de l'an ;
Il monte vivement,
Vous parle poliment,
Et puis il vous souhaite
Du bonheur ce jour-là.
Il compte sa recette ;
S'il a gras, il rira,

Ha ha ha ha !
Plus tard il se fâch'ra.

PARLÉ. Huit jours après seulement si vous lui dites ce refrain-là.

Allons, voyons, etc.

LES
PLAINTES ET LES TRIBULATIONS

DES

Domestiques, Cochers, Cuisinières, Femmes de chambre, Bonnes d'enfants.

CHANSONNETTE COMIQUE.

Paroles de F.-E. PECQUET.

AIR: *De la Comète* ou *la Crinoline* (du même auteur.)

Ah ! que c'est ennuyant,
D'être en service, Dieu, quel supplice,
Les maîtres d'à présent
Sont vraiment par trop exigeants.

L'on n'a pas une heur' de repos,
Dès l'point du jour l'on vous sonne.
Il faut toujours être dispos,
Obéir à chaque personne. Ah! etc.

Monsieur, d'abord, moi, je le dis,
Vous dit, puis n'faut pas de réplique,
Brossez mes bottes, mes habits.
Quel plaisir d'être domestique! Ah! etc.

Faut frotter les appartements
Depuis janvier jusqu'en décembre,
Laver voitur', harnachements,
Puis servir de valet de chambre. Ah! etc.

Un cocher n'est pas plus heureux,
Quelquefois dix heur's sur son siége,
C'est là vraiment qu'il se fait vieux,
S'il pleut ou tombe de la neige. Ah! etc.

Ah! s'il est un malheureux sort,
C'est celui d'être cuisinière,
Pour nous tous les profits sont morts,
Madame achète à sa manière. Ah! etc.

Puis si vous êtes, ah! quel malheur!
Femm' de chambr' chez une coquette,
Faut subir sa mauvaise humeur
Pendant qu'vous faites sa toilette. Ah! etc.
Ah! plaignez la bonne d'enfant,
On la suit, puis on la surveille,

Vous avouerez qu' c'est embêtant,
L'on n'vit jamais chose pareille.   Ah ! etc.

Tenez, l'meilleur de tout cela,
Je vous le dis sans stratagème,
Mon avis à moi, le voilà :
Ça s'rait de se servir soi-même.   Ah! etc.

REFRAIN.

Alors tout irait bien,
L'on f'rait l'service à son caprice,
Chacun mang'rait le sien,
L'on ne se plaindrait plus de rien.

LE CHANT DES BLANCHISSEUSES.

CHANSONNETTE.

Paroles de F.-E. PECQUET.

AIR : de *Turlurette* (chanté dans Rothomago).

Toujours vive et joyeuse,
L'on nous voit le matin,
Sans souci, sans chagrin,
Blanchissant gros et fin,
Riant de la boudeuse
Qui ne parle jamais,

Nous ne sommes heureuses
Qu'avec de gais couplets,
Mais, mais, mais, mais,
Nous narguons les regrets.

REFRAIN.

Pan ! pan ! frappons gaîment, chantons, travail-
[lons, blanchisseuses,
Puis savonnons et repassons, blanchisseuses,
[chantons.

Si toute la semaine,
Chacun travaille fort.
Soyons toujours d'accord,
Cela n'est pas un tort,
Chantons à perdre haleine,
Le jour à nos travaux,
Gaîté chasse la peine,
Et répétons toujours :
Pour, pour, pour, pour
Fêter le Dieu d'amour.

Pan ! pan ! etc.

Soulager la misère,
Voilà notre bonheur ;
L'on connaît notre cœur
Pour aider le malheur,
Lorsqu'une pauvre mère
Se recommande à nous.

Quoique simple ouvrière,
Oui, nous lui donnons tous,
Tous, tous, tous, tous.
Faire le bien est doux,

    Pan ! pan ! etc.

Lorsque vient le dimanche,
C'est un jour d'agrément.
Le cœur joyeux, content,
Nous allons vivement
Où la gaîté s'épanche,
L'on nous admire là,
Nous sommes bonnes et franches,
Notre chant, le voilà :
Ha ! ha ! ha ! ha !
N'y a pas d'mal à ça.

Eh ! allons donc, rions, dansons, joyeuses blan
                  [chisseuses,
Eh ! allons donc, rions, dansons, blanchisseuses,
                  [chantons.

C'EST TOUJOURS LA MÊME RENGAINE.

Paroles de S. TOSTAIN.

Air : *J'nai pas l'honneur de vous connaître.*

On a chanté sur tous les tons
Cupidon, Bacchus et les belles,
On épuise les vieux dictons,
Pour faire des chansons nouvelles.
— Laissez dormir votre cerveau,
Chansonniers, votre peine est vaine,
Vous croyez faire du nouveau !
C'est toujours du même tonneau ;
C'est toujours la même rengaine.

Croient-ils, ces bretteurs de salon,
Égaler les héros de Sparte,
Lorsque pour un oui ou un non,
Vite, ils échangent une carte ?
— Quand vient le moment du danger,
Avec fureur chacun dégaîne ;
On croit qu'ils vont s'entr'égorger,
Pas du tout — ils vont déjeuner.
C'est toujours la même rengaine.

Quand je goûterai de l'hymen,
Se disait certain petit-maître,

Ma femme, dès le lendemain,
A mes lois devra se soumettre!
— Ce beau projet bien combiné,
Il prend une femme hautaine,
Par laquelle il se voit berné
Et conduit par le bout du nez.
C'est toujours la même rengaine.

Que nous soyons sages ou fous,
Riches, pauvres, noirs, blancs ou bistres,
La mort, un jour, viendra sur nous
Déployer ses ailes sinistres.
— Peu m'importe que mon cercueil
Soit de sapin ou bien de chêne,
Que mes amis portent le deuil,
Ou qu'ils dégustent l'Argenteuil,
C'est toujours la même rengaine.

L'ESPÉRANCE.

Poésie d'Alphonse DUCHENNE.

Air du *Sou*, ou *Valse de Giselle*

L'illusion est une fleur vermeille
Que chaque jour mon regard fait fleurir ;
A pleines mains puisez dans ma corbeille,
Pauvres humains ! je parle d'avenir.

Quand j'apparais, j'apaise la souffrance ;
Le mal présent, par mon souffle engourdi,
Semble s'enfuir en voyant l'Espérance,
Comme un poltron devant son ennemi.

L'espérance est, pour le pauvre malade,
La guérison ! l'oubli des maux soufferts :
C'est le bon vin chassant la limonade,
La médecine et ses poisons amers.

Pour les amants.. c'est le bois rempli d'ombre,
Où, deux par deux, l'on va causer le soir,
Où les baisers, les promesses sans nombre,
Sont échangés, loin de l'œil qui peut voir.

Pour le soldat, l'espérance est la guerre,
Où l'ennemi fuit devant sa valeur ;
Le ruban rouge ornant sa boutonnière
Ou bien encor.. la mort au champ d'honneur !

Pour tout bon roi, l'espérance suprême
Est de régner béni de ses sujets,
Puis de transmettre un jour son diadème
Entre des mains pures de tous forfaits.

Pour l'indigent, qui dans son trou grelotte,
C'est le rayon d'un beau soleil d'avril !
Qui lui permette à lui (le sans culotte)
De mettre au jour ses habits de coutil.

Pour le poëte, ah ! c'est la poésie,
L'Olympe en fleurs, l'amour pur, le ciel bleu !

C'est le retour du règne d'Aspasie,
La Grèce libre ou le Vésuve en feu !
Cet inventeur conserve l'espérance
De relier la terre avec les cieux ;
On le dit fou... respectons sa démence
L'aérostat n'a pas fait ses adieux.

Au prisonnier l'espérance est bien chère ;
Il n'est pas seul en sa captivité ;
Lorsqu'il sanglote, elle lui crie : Espère .
Demain... demain... après... la liberté !

Pour le proscrit, c'est la voix qui l'appelle
Écho chéri de la patrie en pleurs,
« Reviens ! reviens t'abriter sous mon aile,
« J'ai pour ton front des baisers et des fleurs ! »

Pour ce tribun à la mâle éloquence ;
Qui, du progrès, est le porte-flambeau,
L'avenir est toute son espérance ;
En lui le peuple espère un Mirabeau !...

Le travailleur espère un beau dimanche,
Le chansonnier espère en sa gaîté,
Lisette espère avoir sa robe blanche,
L'esclave espère encor sa liberté !

Le vigneron espère en sa vendange,
Le gai buveur espère du vin bleu,
La jeune épouse espère un petit ange,
Et tout le monde, enfin, espère.. en Dieu !..

L'illusion est une fleur vermeille
Que chaque jour mon regard fait fleurir;
A pleines mains puisez dans ma corbeille,
Pauvres humains ! je parle d'avenir.

UN LOGEMENT, S. V. P.

Paroles de Gustave LEROY.

AIR : *C'est tout d' même embêtant, j' marronne, etc*

REFRAIN.

Qu' c'est vexant,   (*bis.*)
Faut que j'déménage,
On n'sait, c'est plaisant,
Où pouvoir loger à présent.
Depuis quinze jours déjà je voyage ;
Beau, neuf, vieux ou laid,
Un petit log'ment, s'il vous plaît.

J'trouve un' chambre enfin bien fraîche, bien
[gentille;
L'portier m'demanda : Pas d'garçon, pas d'fille ?
Je répondis froid'ment à ses observations :
Nos d'voirs de parents faut qu'nous les remplissions
D'nos enfants dis-moi c'qu'on veut que nous fas-
[sions.

Qu' c'est vexant, etc.

J'en trouve un'fort bien, mais mon chien Fidèle
R'gardait la concierg': — Monsieur, s'écria-t-elle,
Faut pas d'animaux. — Madame, par bonté,
Il est si fidèle; elle avec naïveté
Me dit: — J'suis femme et m'moqu'de la fidélité.

Qu'c'est vexant, etc.,

Pourtant j'réfléchis et je me hasarde,
Pour cent vingt-cinq francs, à louer un'mansarde.
A vos frais, m'dit-on, vous la f'rez nettoyer,
Il ne manqu' seulement pour la rapproprier
Qu'un'port', des carreaux, des tu l's et du papier.

Qu' c'est vexant, etc.

L'concierge ajouta: Si, comme j'le pense,
L'mobilier est beau, vous paîrez d'avance;
Vous s'rez plus tranquille et vous comprenez bien
Qu' l'argent qu'vous donnez, par ce simple moyen,
Rapporte deux fois, et que nous n'risquons rien.

Qu' c'est vexant, etc.

LES GRANDES VÉRITÉS.

Air : *Aussitôt que la lumière.*

Oh ! le bon siècle, mes frères,
Que le siècle où nous vivons !
On ne craint plus les carrières
Pour quelques opinions.
Plus libre que Philoxène,
Je déchire le rideau :
Coulez, mes vers, de ma veine :
Peuples, voici du nouveau.

La chandelle nous éclaire ;
Le grand froid nous engourdit ;
L'eau fraîche nous désaltère ;
On dort bien dans un bon lit.
On fait vendange en septembre ;
En juin viennent les chaleurs ;
Et quand je suis dans ma chambre,
Je ne suis jamais ailleurs.

Rien n'est plus froid que la glace ;
Pour saler il faut du sel.
Tout fuit, tout s'use et tout passe ;
Dieu lui seul est éternel.

Le Danube n'est pas l'Oise ;
Le soir n'est pas le matin,
Et le chemin de Pontoise
N'est pas celui de Pantin.

Le plus sot n'est qu'une bête ;
Le plus sage est le moins fou ;
Les pieds sont loin de la tête,
La tête est bien près du cou.
Quand on boit trop, on s'enivre ;
La sauce fait le poisson ;
Un pain d'une demi-livre
Pèse plus d'un quarteron.

Romulus a fondé Rome ;
On se mouille quand il pleut ;
Caton fut un honnête homme ;
Ne s'enrichit pas qui veut.
Je n'aime point la moutarde
Que l'on sert après dîner ;
Parlez-moi d'une camarde
Pour avoir un petit nez,

Quand un malade a la fièvre,
Il ne se porte pas bien ;
Qui veut courir plus d'un lièvre
A coup sûr n'attrape rien.

Soufflez sur votre potage,
Bientôt il refroidira ;
Enfermez votre fromage,
Ou le chat le mangera.

Les chemises ont des manches ;
Tout coquin n'est pas pendu ;
Tout le monde court aux branches
Lorsque l'arbre est abattu.
Qui croit tout est trop crédule ;
En mesure il faut danser ;
Une écrevisse recule
Toujours au lieu d'avancer.

Point de mets que l'on ne mange,
Mais il faut du pain avec ;
Et des perdrix sans orange
Valent mieux qu'un hareng sec.
Une tonne de vinaigre
Ne prend pas un moucheron ;
A vouloir blanchir un nègre
Le barbier perd son savon.

On ne se fait pas la barbe
Avec un manche à balais ;
Plantez-moi de la rhubarbe,
Vous n'aurez pas de navets.

C'était le cheval de Troie
Qui ne buvait pas de vin ;
Et les ânes qu'on emploie
Ne sont pas tous au moulin.

J'ai vu des cailloux de pierre,
Des arbres dans les forêts,
Des poissons dans la rivière,
Des grenouilles au marais.
J'ai vu le lièvre imbécile
Craignant le vent qui soufflait,
Et la girouette mobile
Tournant au vent qui tournait.

Le bon sens vaut tous les livres,
La sagesse est un trésor ;
Trente francs font trente livres ;
Du papier n'est pas de l'or.
Par main babillard qui beugle
Le sourd n'est point étourdi ;
Il n'est rien tel qu'un aveugle
Pour n'y voir goutte à midi.

Ne nous faites pas un crime
De ces couplets sans façon :
On y trouve de la rime,
Au défaut de la raison.

Dans ce siècle de lumières.
De talents et de vertus,
Heureux qui ne parle guères
Et qui n'en pense pas plus.

LE MEUNIER DE LA BRIE.

Paroles de A. REMY.

Air : *Le bon vin, la franche gaîté.*

REFRAIN.

Tic et tac, tourne, mon moulin,
   Pour bien moudre,
Il faut réduire en poudre
Le grain d'orge et le sarrasin,
Le seigle et le froment font toujours du bon pain.

N'es-tu pas, géant des collines,
Le vrai destructeur des famines ?
Ton labeur apaise la faim
De la masse du genre humain.
Sous le bruit léger de tes ailes,
Comme tourtereaux, tourterelles,

Filles et garçons d'alentour,
En attendant leur tour,
Viennent causer d'amour.
Tic et tac, etc.

Quand vient la saison printanière,
Sur la route ou dans la clairière,
Assis sur un frêle escabeau,
Le peintre tire ton tableau,
Ton site vraiment pittoresque ;
Change en coup d'œil assez burlesque
Apercevant Jeanne au moulin
Sur son âne Martin,
Chargé d'un sac de grain.
Tic et tac, etc.

Jeanne un jour sera mon épouse ;
A ma noce, sur la pelouse,
Viendront, de nos gais environs,
Les cultivateurs vignerons.
Jeanne, la gentille rosière,
Deviendra ma belle meunière,
Et tous deux d'un commun accord,
Le moulin de l'amour
Nous ferons marcher fort.
Tic et tac, etc.

LA BERGÈRE DIFFICILE.

CHANSONNETTE.

Paroles de A. REMY.

Air : *Ah çà! Casimir*.

Tu t'en vas, Madeleine,
Avec tes blancs moutons,
Au milieu de la plaine
Fredonnant des chansons.
Je t'offre ma fortune
En échange à ton cœur ;
C'est moi, gentille brune,
Qui ferai ton bonheur.
Allons, vieux grison,
Vous perdez la raison.
Vieux grison, vieux grison,
Vous perdez la raison.

Viens respirer, ma belle,
De mon jardin, les fleurs,
Sous la verte tonnelle
Les raisins sont meilleurs.
Comme une souveraine
Au château tu seras,
Et de tout mon domaine
Les lois tu dicteras.
Allons, etc.

MADELEINE.

Beau crésus à perruque,
J'n'aimons pas les bijoux ;
Vos deux yeux qui m'reluque
Me font peur, voyez-vous !
Cessez vot' badinage
Ou Jean, l'batteur de grains,
Sur votre blanc visage,
Allong'rait ses deux poings.
      Allons, etc.

MORALE.

Le vieux, tout en colère,
S'en alla bien confus,
D'avoir, de la bergère,
A subir le refus.
Et plus loin, la fillette,
En quittant le hameau,
Se redisait seulette
Conduisant son troupeau :
A fille aux yeux bleus
Il faut jeune amoureux.
Car les vieux, car les vieux,
Sont des loups dangereux.

LE MARCHAND DE RUBANS.

Paroles de **A. REMY.**

Air du *Marchand de Chansons.*

A ma boutique, approchez amateurs,
Pour vous j'ai fait ce brillant déballage ;
Donc, choisissez dans ce grand étalage,
Chaque nuance aura ses acquéreurs :
Voici du vert que j'offre à l'espérance,
Ce bleu foncé pour le tendre amoureux ;
Ce blanc de neige, à la chaste innocence,
Dans l'avenir doit combler tous les vœux
D'un bon époux modèle et laborieux.

REFRAIN.

Pour tous les goûts j'ai des couleurs,
De mes rubans, jeunes fillettes,
Parez vos blanches collerettes ;
Et vous, conscrits, qui deviendrez vainqueurs,
Prenez, prenez mes rubans, mes faveurs,
Je vends des rubans, des faveurs.

Maris jaloux, qui n'êtes plus galants,
Pour vous servir je vais prendre mon aune
Et vous donner de ce beau ruban jaune :
C'est la couleur du ménage en tous temps.
A vos bonnets, gentilles ouvrières,
Ce beau lilas vous ira toujours bien ;
Garçons d'honneur, ornez vos boutonnières
De ce bleu clair vendu presque pour rien,
Il donne à l'homme un gracieux maintien.

> Pour tous les goûts, etc.

Nièces, neveux, qui prenez des oignons
En apprenant la mort de votre tante,
Son legs se monte à mille écus de rente,
Terrains boisés, étangs, fermes, maisons.
Oiseaux de proie et de mauvais augure
Sur son tombeau pleuré matin et soir,
Pour votre deuil d'une grande parure,
Je vous réserve ici mon rouleau noir,
Achetez-moi, puis riez au boudoir.

> Pour tous les goûts, etc.

Jeunes conscrits, que le sort fait soldats,
Votre chapeau c'est moi qui le décore :
Blanc, rouge et bleu qui forment tricolore
Font tressaillir les rois dans les combats

Et si plus tard, d'un champ de la victoire
Vous revenez décoré d'un ruban,
Je vous dirai : Brave enfant de la gloire,
Prenez ce rouge, il est vif, éclatant ;
C'est la couleur du noble combattant !
    Pour tous les goûts, etc.

LA MUSIQUE DU CHARLATAN.

Paroles de A. REMY.

Air : *En avant la crinoline.*

Accourez, gens du village,
Aux sons de l'appel bruyant
De mes musiciens en nage,
Qui sont perchés en plein vent.
Mon tambour, d'un roulement,
Fait arriver la pratique.
Dzing, en avant la musique   }
Boumm, la musique en avant. } *bis.*

Approchez de ma voiture,
Vous, qu'avez p't êtr' peur de moi :
Car je suis, je vous l'assure,
De nos charlatans le roi.

J'vais vous offrir un onguent
Que j'rapporte d'l'Amérique.
Boumm, en avant la musique,   } *bis.*
Dzing, la musique en avant.

Un confrère s'disant d'Chine,
Vous a vendu, l'an dernier,
Roulé dans d'la farine
Des crott's de biche, un panier.
N'mettez pas assurément
A ce nombr' mon spécifique,
Boumm, en avant la musique,   } *bis*
 Dzing, la musique en avant.

Avez-vous une molaire
Qui vous empêche d'dormir,
Montez, je vais vous l'extraire
Avec un sensible plaisir.
 D'mon baum' d'acier l'maniment,
Va comme une mécanique.
Boumm, en avant la musique,   } *bis.*
Dzing, la musique en avant.

Je fais passer la migraine
Avec un parfum des fleurs ;
Vous, qu'avez la soixantaine,
Prenez-moi, pour vos douleurs,

Mon onguent que j'vends un franc
Qui calme aussi la colique.
Boumm, en avant la musique,   } *bis.*
Dzing, la musique en avant.

DEUX VIEUX DE LA VIEILLE.

DIALOGUE.

Paroles de Alphonse DUCHENNE.

Air *des Deux Edmond ou J'en ris comme un bossu.*

—Pour trinquer, mon vieux camarade,
Verse une dernière rasade,
Le vin du temps fond les glaçons.
    Nous vieillissons !   (*bis.*)

—Que me parles-tu de vieillesse,
Tant que le plaisir nous caresse,
Que l'amitié nous tend les bras...
    Nous ne vieillisons pas !   (*bis.*)

— Lorsque nous buvons, il me semble
Qu'en notre main la coupe tremble,
Souvent même naus renversons.
    Nous vieillissons !

—Va, si notre main est moins sûre,
Nous savons tripler la mesure,
Et nous buvons jusqu'à trépas...
    Nous ne vieillissons pas !

—A dix-huit ans, plus chaud qu'un lièvre,
Deux yeux noirs me donnaient la fièvre,
Nous menions l'amour sans façons,
    Nous vieillissons !
—Il est vrai que pour nous les belles
Aujourd'hui se montrent rebelles ;
Mais nous en aimons cent tout bas...
    Nous ne vieillissons pas !

—Sous mon corps, mes jambes chancellent,
J'entends les parques qui m'appellent,
Leurs voix me donnent des frissons,
    Nous vieillissons !
—De la mort craint-on la faucille,
Lorsque l'on a pris la Bastille ?
Souvenir bien doux... mais hélas !
    Nous ne vieillissons pas !

—Quoique nos cœurs soient d'uniforme ,
Nos corps sont mis à la réforme,
Près de nos fils nous pâlissons,
    Nous vieillissons !

— Il est au temple de Mémoire,
Un brillant feuillet de l'histoire,
Où sont retracés nos com ats...
Nous ne vieillissons pas !

Ainsi parlaient deux centenaires,
Glorieux débris de nos guerres,
De la gloire de vieux nourrissons,
Nous vieillissons !
Puis, regagnant les Invalides,
Ils disaient, comme aux Pyramides :
— La terre tremble sous nos pas...
Nous ne vieillissons pas !

SI J'AVAIS L'SAC.

Paroles d'Alphonse DUCHENNE.

Air : *Mariez-vous donc.*

Au lieu d'vous chanter un' rangaîné
Pour laquelle on m'promet cent sous,
D'un chef-d'œuvre vous auriez l'étrenne,
Mais ... nos éditeurs (ces loulous)
Veul'nt de l'esprit dans les prix doux.

Le mien d'ce r'frain a fait l'emplette,
ce, x besoins d'mon estomac ;
J'vous assur' bien que j's'rais moins bête
Si j'avais l'sac ! (*4 fois.*)

Tout's les femm's à qui j'cherche à plaire
Prétend'nt que j'suis laid comme un pou ;
J'sais bien quell's pens'raient tout l'contraire
Si j'avais les min's du Pérou,
Mais ... par malheur, moi, j'n'ai pas l'sou.
 Vous pour qui l'cœur n'est pas quelqu'chose
Et qui r'poussez vid' mon bissac,
Croyez qu' je n'vous aim'rais qu'en prose
Si j'avais l'sac !

Mes brav's qui partez au Mexique
R'lever l'trôn' de Montézuma,
Dit's-leur qu' s'ils veul'nt un monarqu' chique,
Puisque l'or pouss' dans c'pays-là,
Que Pignouf se port' candidat.
Oui, France, j'quitt'rais tes rivages,
Quoiqu' d'être un jour mangé j'ai l'trac ;
 J'n'envîrais pas l'trôn' des sauvages
Si j'avais l'sac !

Allons, bon ! le diable s'en mêle,
Un pauvre vieux me tend la main...

A sa pâleur, à sa voix grêle,
L'on voit bien qu'il doit avoir faim,
Et... j'n'ai pas l'prix d'un morceau d'pain ;
Mais.. j'y pense, ah! n'vous fait's plus d'bile
Aujourd'hui je me pass'rai d' tabac.
Les vieillards auraient un asile
        Si j'avais l'sac !

Enn'mi d'tout c'qu'on appell' bataille,
Où l'plus fort a toujours raison)
Pour t'empêcher d'siffler, mitraille,
Et d'tuer des homm's qui s'aim'nt dans l'fond...
J'ôt'rais la parole au canon !...
Puisqu'on s'exempt'd'êtr'militaire
En tirant deux mill' francs d'son frac,
J'rach't'rais tous les soldats de la terre
        Si j'avais l'sac !

SI L'ON ÉCOUTAIT TOUT LE MONDE.

Paroles de M. S. TOSTAIN.

Air: *J'n'ai pas l'honneur de vous connaître*

Ce monde, plein de fausseté,
Officieux jusqu'au délire,
Devant nous traite avec bonté,
Et par derrière nous déchire;
Mais mon gros bon sens, Dieu merci !
Sur cet axiome se fonde :
« On n'en aurait jamais fini
« Si l'on écoutait tout le monde. »

Grands dieux ! quel est mon embarras,
Disait une vive soubrette,
En tout lieu Charles suit mes pas,
Adolphe m'écrit en cachette,
Paul me harcèle, et veut aussi
Qu'à sa tendresse je réponde;
« On n'en aurait jamais fini
« Si l'on écoutait tout le monde. »

Ayant fait vœu de convoler
Avec fillette douce et sage,
Je voulus, avant, consulter
Mes amis sur ce mariage :

L'un veut qu'elle manque d'esprit,
L'autre la trouve trop profonde ;
« On n'en aurait jamais fini;
« Si l'on écoutait tout le monde. »

Avec son cousin, certain soir,
Une dame de haut parage
S'évertuait dans son boudoir,
Quand, au milieu du badinage,
Elle entend des pas... — Mon mari...
Ecoutez !.. — « Bath ! dit le Joconde,
« On n'en aurait jamais fini
« Si l'on écoutait tout le monde. »

Pour que du projet qu'on poursuit
La réussite soit certaine,
Il faut agir comme le fit
Le meunier du bon La Fontaine.
Eh ! qu'importe que maint ami
Nous approuve ou bien nous fronde,
« On n'en aurait jamais fini
« Si l'on écoutait tout le monde ! »

LE CHAT RESSUSCITÉ.

SUITE DE LA VEUVE MICHEL

Paroles de Augustin BEAUMESTER fils.

MÊME AIR.

La mèr' Michel en larmes,
   Badadzim boum boum.   (*Bis.*)
La mêr' Michel en larmes,
Vit soupirer son chat.
(*Parlé.*) Ah ! quel bonheur !

REFRAIN.

   S'désol'ra
   Qui voudra
Je n'me désol'rai guère,
   S'désol'ra
   Qui voudra,
Je n'me désol'rai plus.
Gai, gai, viv' la gaîté,
   Sonnez, trompettes,
   Jouez, clarinettes,
Gai, gai, viv' la gaîté,
L'chat d'la veuve est ressuscité.

Pour ell' douce surprise,
Badadzim boum boum,
Pourell' douce surprise,
Quand sa p'tit' queue bougea.
(*Parlé.*) Ah ! quel bonheur !
S'désol'ra, etc.

Un p'tit brin d'eau d'Cologne,
Badadzim boum boum,
Un p'tit brin d'eau d'Cologne,
Tout d'suit' le ranim'ra.
(*Parlé.*) Ah ! quel bonheur !
S'désol'ra, etc.

Aussitôt c'te pauv' bête,
Badadzim boum boum,
Aussitôt c'te pauv' bête,
Sur ses quat' patt's sauta.
(*Parlé.*) Ah ! quel bonheur !
S'désol'ra, etc.

Par-dessus ses oreilles,
Badadzim boum boum,
Par-dessus ses oreilles,
Il se débarbouilla.
(*Parlé.*) Ah ! quel bonheur !
S'désol'ra, etc.

La mèr' Michel joyeuse,
   Badadzim boum boum,
La mèr' Michel joyeuse,
Sur son nez l'embrassa.
(*Parlé.*) Ah! quel bonheur!
   S'désol'ra, etc.

Pour revoir sa minette,
   Badadzim boum boum,
Pour recevoir sa minette,
L'matou su' l'toit fila.
(*Parlé.*) Ah! quel bonheur!
   S'désol'ra, etc.

C'qui fait qu'dans l'voisinage,
   Badadzim boum boum,
C' qui fait qu' dans l'voisinage,
Tous les soirs on crîra :
(*Parlé.*) Ah ! quel bonheur !
   S'désol'ra, etc.

LE VRAI VIN DU BON DIEU.

Paroles de J. E. AUBRY.

AIR : *C'est ma Lison, ma Lisette, la grisette.*

REFRAIN.

Vive le vin,
C'est le breuvage
Du sage,
V've le vin,
Que nous donne Jean Raisin.

Il nous rend fous, dit-on,
Ce n'est qu'un bavardage ;
J'ai tari maint flacon
Sans être à Charenton.   Vive, etc.

On sait que le Coran
Du vin défend l'usage,
Et c'est en Orient
Que l'on m'apprit ce chant.   Vive, etc.

Lecidre me plaît for,
La bière davantage,
Mais, pour boire à plein bord,
Moi je redis encor :   Vive, etc.

On m'admire à l'étau,
On vante mon courage;
Je suis encor plus beau
Quand je vide un tonneau.   Vive, etc.

Je boirais plus souvent,
Bien que ma femme enrage,
Si j'avais plus d'argent;
J'ai le ventre si grand !   Vive, etc.

Le dimanche est le jour
Où l'on boit davantage;
Moi je voterais pour
Ce soit toujours son tour.   Vive, etc.

Je bois du petit bleu
Dans un temps de chômage,
  Mais j'aime mieux, morbleu!
Le vrai vin du bon Dieu.   Vive, etc.

L'AMOUR D'UN MARMITON.

DRAME EN CINQ ACTES SANS TABLEAU

Paroles de Pierre CHAMARTIN.

Air *du Mirlitir, du Mirliton.*

Le marmiton Pancrace
Me disait, l'autre jour :
— La modiste d'en face
Me rend toqué d'amour.
Ah ! plaignez le marmitir,
Ah ! plaignez le marmiton,
Que l'amour laisse languir
Et conduira chez Pluton.
Ah ! plaignez le marmitir,
Ah ! plaignez le marmiton,
Ah ! plaignez le mar le mi le ton
    Le marmiton.

Le feu qui me dévore
Abrégera mes jours,
Car celle que j'adore
Est sourde à mes [illegible].

Ah ! plaignez le marmitir,
Ah ! plaignez le marmiton,
Qui ne sait plus que souffrir
Et répéter sur ce ton :
   Ah ! plaignez, etc.

La belle étant revêche
Et m'ôtant tout espoir,
Sur pieds je me dessèche,
Ça fait peine à me voir.
Ah ! plaignez le marmitir,
Ah ! plaignez le marmiton,
Qui devient par son maftyr
Gros comme un fil de laiton,
   Ah ! plaignez, etc.

Je sais qu'elle préfère,
Je le dis entre nous,
Le fils de la mercière,
Ce qui me rend jaloux.
Ah ! plaignez le marmitir,
Ah ! plaignez le marmiton,
Qui voit son avenir
Brisé par ce rejeton.
   Ah ! plaignez, etc.

Ce qui me reste à suivre,
Je le sens dans mon cœur,

Je dois cesser de vivre,
Renoncer au bonheur.
Ah ! plaignéz le marmitir,
Ah ! plaignez le marmiton,
Préférant plutôt mourir
Que d'aimer comme Platon.
Ah ! plaignez, etc.

LE PÈRE MICHEL.

CHANSONNETTE.

Paroles de Jules de BLAINVILLE.

Air *du Mirliton.*

Fatigué du veuvage,
L'père Michel, un beau jour,
Aux jeun's fill's d'un village,
S'en va faire sa cour.
Il voudrait mirlitontaine,
Il voudrait mirlitonton ;
Bien qu'il eût la soixantaine,
Trouver un jeune tendron.
Cherche, cherche, mirlitaine,
Cherche, cherche, mirliton ;
Madeleine et Jeanneton
Ne voudront pas d'un barbon.

Voyant qu'on l'envoie paître,
Et qu' chacun reste sourd,
Il dit au garde champêtre :
— Par la voix du tambour,
Fait savoir, mirlitontaine,
Fait savoir, mirlitonton,
Que je n'port' pas d'gilet d'laine,
Ni de bonnet de coton.

   Cherche, etc.

Ne perdant pas courage,
Il dit : N'ayez pas peur ;
L'pèr' Michel, à son âge,
   Conserve la vigueur
D'un jeun' gars, mirlitontaine,
D'un jeun' gars, mirlitonton ;
A l'ouvrage, il peut sans peine
Prouver qu'il est un luron.

   Cherche, etc.

Parmi les plus ingambes,
Je suis encor cité ;
J'ai bons bras, bonnes jambes,
   J'ai l'cœur plein de gaîté.
Regardez, mirli ontains,
Regardez, mirlitonton,

Je puis, sans que j'per de haleine,
Vous pincer un rigodon,

   Cherche, etc.

   Je crois, si je n'm'abuse,
   Que vous n'écoutez rien,
   Dit l'pèr'Michel ; faut qu' j'use
   Alors d'un bon moyen.
C'est d' vous dir' , mirlitontaine,
C'est d'vous dir', mirlitonton,
Que j' possède un'cinquantaine
D'hectar's près de ce canton,

Ne cherche plus, mirlitaine,
Ne cherche plus, mirliton,
Madeleine et Jeanneton
Te trouvent encor très-bon.

LA VOIX QUI DIT : AIMEZ !

FABLIAU.

Paroles de Alexis CARDON.

Air de *la Religieuse.*

Perrette un soir, s'en allant au village,
En chantonnant prit le chemin du bois ;

Lorsque arrivée ainsi sous le feuillage,
Un rossignol fit entendre sa voix.
En écoutant cette voix si gentille,
Perrette alors en admirait les sons !
Elle semblait dire à la jeune fille
Ce vieux refrain de nos vieilles chansons :

> Aimez, aimez, jeune fillette,
> C'est le bonheur !
> Car sans l'amour, je le répète,
> Tout est douleur !   (*Bis.*)

Colin aimait en secret la fillette,
Mais il n'osait avouer son amour !
Un jour, tremblant, il aborde Perrette :
—Mon cœur, dit-il, est à toi sans retour !
Oh ! réponds-moi ; qu'un doux mot d'espérance
Jette en mon âme un rayon de bonheur !
Quand, tout à coup, à petite distance,
Le rossignol reprit ce chant du cœur :

> Aimez, etc.

—Tu vois, dit-il, tout aime en la nature,
Le rossignol se plaît à l'enseigner !
Ecoute encor sa voix gentille et pure ;
Aime-moi bien, elle te dit d'aimer !

Oh ! cesse enfin cette feinte colère,
Dieu bénira notre douce union.
J'ai pour tout bien mon cœur et ma chaumière ;
Fais mon bonheur. Oh ! ne me dis point non !

    Aimez, etc.

Un mois après, tous deux à la chapelle
Allaient unir leurs serments pour toujours !
Chacun disait : —Dieu, que Perrette est belle !
Dans leur ménage, oh ! combien d'heureux jours !
Le rossignol. sortant de sa retraite,
Sous le portique arrive en gazouillant
Ce doux refrain qui charmait tant Perrette,
Et qu'elle prit pour un enseignement :

    Aimez, etc.

NOUS NE SAVONS PAS VIVRE.

Paroles de FRANÇOIS BRILLE.

AIR : *Si les fleurs parlaient.*

Petits enfants, lorsque j'avais votre âge,
Tout comme vous, je courais dans les champs ;
Les prés, les fleurs, le papillon volage,
Tout me disait que c'était le printemps.

Les jeux, les ris des saisons nous enivrent,
L'on ne voit pas le temps qui fait vieillir.
Petits enfants, nous ne savons pas vivre
Qu'il faut déjà s'apprêter à mourir.
Petits enfants, nous ne savons pas vivre
Qu'il faut déjà (*bis*) s'apprêter à mourir.

J'ai, comme vous, grandi par l'espérance,
J'ai méprisé les plaisirs du hameau ;
J'ai cru l'amour en perdant l'innocence,
Mais ces regrets sont loin de mon berceau,
Car le bonheur est difficile à suivre
Et quelquefois nous croyons le tenir.
Petits enfants, nous ne savons pas vivre
Qu'il faut déjà s'apprêter à mourir.
Petits enfants, nous ne savons pas vivre
Qu'il faut déjà (*bis*) s'apprêter à mourir.

Ne courez pas de chimère en chimère,
Le vrai bonheur est souvent sur vos pas,
Car les doux soins, les baisers d'une mère,
Ah ! croyez-moi, n'ont pas de vains appas.
Des faux plaisirs l'espérance vous livre,
Il est trop tard quand vient le repentir ;
Car, ici-bas, nous ne savons pas vivre
Qu'il faut déjà s'apprêter à mourir.

Car, ici-bas, nous ne savons pas vivre
Qu'il faut déjà (*bis*) s'apprêter à mourir.

Un beau ciel bleu fait la belle journée ;
Le sage, enfant, fait l'homme vertueux.
Des vains plaisirs la raison n'est pas née,
Ses ennemis sont toujours malheureux.
Quand vient la fin l'on voudrait bien revivre ;
Même un vieillard veut aussi rajeunir,
Il est trop tard de n'avoir pas su vivre,
Tâchons au moins de savoir bien mourir,
Il est trop tard de n'avoir pas su vivre,
Tâchons au moins (*bis*) de savoir bien mourir.

FIN.

TABLE DES MATIÈRES.

Les Grelots modernes... 5
Les Compagnons... 7
L'Etudiant et la Grisette 8
L'Orphelin du hameau 12
Le Sire de Grand-Plumet..................................... 13
Le Sentier de la pauvreté................................... 16
La verte Piquette... 18
Fanfan le tapin... 20
Le vrai Luron 23
La Capote du soldat... 25
Le Drapeau français.... 26
Rigolette et Pichu 28
Mirlitonnette 31
Tout ce que j'aime.. 33
Je voudrais bien m'en aller................................. 35
Le retour des Fleurs.. 37
Les Amours de l'artisan..................................... 39
Les beaux jours sont vite passés............................ 40
Asseyez-vous donc là-d'ssus 42
Je veux finir comme j'ai commencé........................... 44
On va lui couper la tête.................................... 46
Derniers adieux du Chansonnier.............................. 49
Le Testament d'un célibataire............................... 51
Nini Bamboche... 53
Apothéose de Béranger....................................... 55

Le chant des joyeux maçons 55
Le papa Binette.............................. 60
Les plaintes et les tribulations...................... 63
Le chant des blanchisseuses...................... 68
C'est toujours la même rengaine.................... 68
L'Espérance.............................. 69
Un logement, s. v. p.......................... 72
Les grandes vérités........................... 74
Le Meunier de la Brie.......... 78
La Bergère difficile.......................... 80
Le Marchand de rubans...................... 82
La musique du charlatan...................... 84
Deux vieux de la vieille...................... 86
Si j'avais l'sac.............................. 87
Si l'on écoutait tout le monde.................... 94
Le chat ressuscité......................... 93
Le vrain vin du bon Dieu...................... 96
L'amour d'un marmiton...................... 98
Le père Michel........................... 100
La voix qui dit : aimez!...................... 102
Nous ne savons pas vivre...................... 104

Imprimé par Charles Noblet, rue Soufflot, 18.